ほら　笑ってごらん

日木 更　HIKI Sara

文芸社

心の奥にある尊いもの
地球に生を受け育まれてきたもの
今こそ花開くとき

もくじ

ほら　笑ってごらん

誰も

誰も話す人はいないけれど
そんなときは
空を見る
空に話す
夜は月に打ち明ける

それで充分

人は分からないけれど
精霊は応えてくれる
けんめいに何かを知らせてくれる

そして宝物をくれる
見えない財宝を手にしているのよ

涙

涙を流せる人は幸せです
感動の涙ならなおさらです
それは奇跡といえます

人間として生まれ
あの世に持ち帰れるものは
つまるところ
感動しかありません

この世は
感動に満ちあふれています

この世もあの世も感動です
幸せの連続です

涙は心を洗い流します
人間の誉れです
真の人間性を取り戻すのは
涙です
幸せになってください

母性

みんななかよく
たくさん持っているものは人に与え
足りないものは助けてもらい
相手の幸せを願う

自分が在ることに感謝して
子供と年寄りを大切に
若い人を誇りに思い
大人を尊敬して従う社会

一人ひとりの誇りを大切にし

踏み込まない
けがさない
なぜならそれは
自分をけがすことだから

君へ

私が動くと雲が動く
草木が囁いてくれる

何も煩うことはない
静寂の中にいたらよい
そうすれば
草木が根をおろし
張っていくように
君の魂も
キラキラと輝いてくる

宇宙意識の中に
魂の根が広がり
しっかりとつながっていく

恩寵

遠い昔のことでした
ふたつの道がありました
歓喜への道と絶望への道

絶望への道を選んだ私
それでも行く先々に
小さな希望がありました

いたわりあい助けあう尊い人々

小さな希望が

いつか大きな光となって
私たちを照らすものとなるでしょう
絶望の意味を悟ったとき
その恩寵に気がつきました

永遠の旅

ちょっと来て！
ほら　満天の星!!

遠い遠い昔
私はどこから来たのだろう
そして
どこへ流れていくのだろう

闇の宇宙に問いかける

私という星屑が

永遠の旅をする訳は
いったい何だというのだろう

しかし
ひとりではない
いつも何者かが
何者か精霊が
私をすっぽり包み込み
一緒に旅をしているのだから

旅人

ライトの点滅　胸の鼓動
私は
私をどこへ連れていくのだろう
私は勇者ではないけれど
時を操り育てあげ
日々を彩る旅人だ

操る者は操られる

不思議な真実に
胸の鼓動は速くなる

トラウマ　カルマ　潜在意識
不思議な私に私を委ねて
ここではないどこかへと
また旅に出かけよう

星祭り

今宵は星祭り
星のグラスを傾けよう
キラキラと
星の精が降りてくる

「願いごとはなあに？」

信じよう

困ったときは
お日さまの下を歩いてごらん
ホッとして
あたたかいものに包まれるよ
解決の方法はきっと見つかる
自分を信じよう

メッセージ

天使が羽ばたいて
君のところに来ているよ
君にメロディーを運んできた

さあ
一緒にハミングしよう
その歌には
君へのメッセージが
込められているよ

楽しいこと

楽しいことを考えていてごらん
楽しいことがやってくる
素晴らしいことを考えていてごらん
素晴らしいことがやってくる

素敵なこと　おもしろいこと
嬉しいこと　ワクワクすること
考えよう

想い

想いは
根っこに
とんでもないものを
隠している
一つひとつ掘り起こして
祝福してやろう
見にくいものが
見えるもの《美しいもの》へと
変化をとげるだろう

心音《しんおん》

リズミカルに滴り落ちる
岩苔の水
まるで心音のよう

そうだ　宇宙の心音だ
私をここへと運び
そして連れ去るものは
姿は見えないけれど
強大な力を持っている

遠まわり

遠まわりもいいものだ
ふだん目に入らないものが
見えてくる
そしてまた豊かになる

そんなふうに自分を許そう

さよなら

リボンをつけてさよならしましょう
悲しさ苦しさ　弱さやいろいろ
寄りそい見つめてくれたもの

本当の心を見失い
耐えて忍んで　隠れてきた
酷い辛い　醜い営み
お前たちに用はない

ありがとうのリボンをつけて
銀河の果てへと流しましょう

自立

ときめきが前へ前へと引っぱっていく
そのときめきに自分を乗せて！
それが自発自立というものだ

傷つくことを怖れ
目隠しをして為すがままとなり
他のせいにして苦しんできた

自分が自分にしたことだ

心の目隠しを取り

心がときめくことをしよう
それが自立ということだ

ほら　笑ってごらん

越えて越えて越えてゆけ
次元の波を越えてゆけ

憂さや辛さは人の営み

そんなことよりしたいことをする
それがいいじゃない

何があろうとなかろうと
大きな恵みを人は得て
いつかここから去っていく

押しあい圧《へ》しあい鬩《せめ》ぎあい
そんな意固地にならないで！
水が流れるように
雲が変幻するように
ほら　笑ってごらん

生きている

私は
私を感じて生きている
楽しい悲しい嬉しい辛い
よかった悪かった好き嫌い
痛い快い

私だけのこの感じ
私自身を実感する

慈しんでかばって命を削って
私は　私を生きている

最後には

どんなことがあったにしても
最後には
「希望」が出てくるんだよね
パンドラの箱のように
「希望」を見つけるんだよね

欲《エゴ》で形づくられた人の姿

最後には
幻だったと気づかされる
この儚い尊い体験

今を生きている

喜びも哀しみも
心に刻んで
今を生きている

いつか無になる肉体《からだ》
透明になる魂

道

どこまでも行くよ
夢を乗せて

やることいっぱい抱えて
ここに来た
でこぼこ道もへっちゃらだ

行こう

行きたいところへ行こう
そして
そこの風に吹かれてみよう
大切な何かに
気づくかもしれない

ひと休み

迷ったら
ひと休み

静かな時を持ちましょう
前に行けないときもある
無理することはありません
ゆっくり
花でも眺めましょう

この道

険しい道も一歩から……
道すがら
可憐な花に癒される
この道に悔いはない
私の持つ欠点が
私を頂上へと押しあげてくれた
そして
たくさんの喜びが生まれた

心を込めて

愛は言葉

愛は言葉　言葉は風
耳もとを心地よく吹きぬける
言葉は風

あなたの胸の中に眠ったままの
本当の言葉
聞かせてください

かわいい小鳥が飛び立つように
光の中へ飛び出そう

風が待ってる青い空
本当の言葉
いつまでも胸の中に眠らせておかないで
聞かせてください

人

優しい人といるとホッとする
強い人といると感動する
ずるい人といると寂しくなる

ストレッチ

心のストレッチしてみましょう
背伸びしたりちぢこまったり
泣いたり笑ったり
「私ってこんなもーん」
なんて
言ってみたりして

それでも地球はまわってる

心の穴

ポッカリ空いた心の穴は
どうして埋めたら
よいのでしょう

自分がしてきた多くのことを
褒めて讃えて癒しましょう

宝石

私には私の夢がある
誰にもそれは壊せない
暗闇に灯る
ひとつの
明かりのようなものだ
生まれるときに持ってきた
たったひとつの宝石《きぼう》だ

コーヒー

香り立つ一杯のコーヒー
ちょっと一息入れましょう

いろいろな人に
いろいろなことを言われ
頭の中が騒がしい

心の声はかき消され
どこかへと押しやられ
私は私が分からない

コーヒーの香りの中に
私を埋《うず》めて
心の声が大きくなるのを
待ちましょう

心を込めて

ゆっくり豊かに心を込めて
歩みはのろくても
一つひとつに心を込めて

貶《けな》され蔑《さげす》まれ扱《こ》き使われる

しかし　そうされるのは
尊い心を持つゆえだ
自分らしくあわてずに心を込めて

純な思い

出さないように
止めているの？
本当のことを言ったら
怖い？　ばれる？

何が？

自分の思いを止めるから
自分が分からなくなる
純な思いが出なくなる

足踏み

地上に花が咲き乱れ
宇宙に銀河が犇《ひし》めいて
意識と無意識　響きあう

見たいものしか見ていない
ながーい足踏み　いつまでも
いつまでも

秘密の小箱

心の奥底に眠る
秘密の小箱が開くとき
光り輝く人になる

光が歩き光が笑い呼吸する
光が働き睦みあう

与えることで命が生まれ
いつも若々しく
消耗することがない

遊ぼう

「遊ぼう　遊ぼう」
草むらの中へと妖精が誘《いざな》う
「素直な心を思い出すんだよ
今はもう
悩ませるものはないのだから
そのままでいて　いいのだから」

辛くて辛くて
鈍感にならざるを得なかった
いつまでもそれでは

自分がかわいそう
心がもとに戻りたいと
悲鳴をあげている

終着点

時代の変遷を
ずーっと見ていたい
それが私の生への執着
終着点は　まだまだはるか
生の終わりは　やがて来る
ガイア《地球》は
ユートピアを夢見てまわる
私も同じ

心

ゆがんだ心を
まっすぐに
伸ばしていこう

しぼんだ風船のような
心に
ほどよく空気を入れよう

気持ち

ヨーイ　ドン！
で
ひと休み

私の気持ちなんか
誰も
分かってくれない

そんな気持ち分かります

体験

宝石

赤い宝石　青い宝石
緑と黄　紫と透明
遠い昔に砕けて散った

砕けてひとりここにいる
一人ひとりここにいる
欲《エゴ》がなくなるその日まで
一人ひとり散りぢりに
小さく光ることだろう

一人ひとりひとりぼっち

光が大きくなるまでは

迷い

どこへ行ったらいいの
何をしたらいいの

迷いは　魔酔い
もうすぐはっきりしてくるさ
酔いが醒めたらね

黒い影

花の香りに満たされる
そよ風に私もゆれる

どのように
この身を満たし尽くしても
心に巣くう黒い影

その人は
刃《やいば》のような言霊《ことだま》で
私を小さく切り刻む

体験

いかにして
この局面を乗り切ろうか
命果てるまで
永遠とも思えるやりとりが
つづく

甘えたくて過干渉
……パターン通り
束縛　抑圧　八つ当り
……私のせい

こんな体験もするのか！
いつか死んだら
生まれ変わるのはやめにしよう

人

ああ言ったり
こう言ったり
その次にはまた
違うことを言ったり
責めたり
命令したり

それが人……？
混線しちゃう

言葉

言葉は刃物
容赦なく切りつける

それは
愛ではない
そんなものは
いらない

為す術

どんなことにも
誠実に　公平に　穏やかに
なんてできやしない
傍若無人なふるまいには
為す術がない

怒るか
それとも
無視するか
私はなぜここにいるのだろう

イヤだ

イヤだ
イヤだ
次から次へと起こすトラブル
不機嫌な言葉の洪水
呑み込まれる……

どこかに光があるのだろうか

無限

無限の中に放り出された
どうすればいいの
そのままでいいなんて
こんなひ弱なのに

これじゃ
嘘《エゴ》で固めるより
しょうがないじゃない

こんなところで

こんなところで生まれたんだ
こんなところで育ったんだ
こんな狭いところで

人が人を追いつめる

時は過ぎ人は滅び
残る廃屋
何をしに来たのだろう
こんなところへ

昨夜《ゆうべ》の夢

青い空に一筋の雲
風に押されて
ゆがんでいく

昨夜
夢を見たんだよ
気になることがあるというのに
バスに乗ろうとしている

でもやはり
私は行けないいんだと思い

行くのをやめて
辺りをさまよっている
という夢だよ

春

風が光ってる
桜が舞っている
いいなあ
こんな日は
ずっと会っていなかった人に
会いに行きたくなる
心が華やかに軽やかになって
何でも許してやりたくなる

謎の木《こ》の実

風の色

ふわりふわり風の色
あなたを包む風の色
あなたにそっと囁きかける
いつもあなたと一緒です
いつもあなたと一緒です

約束

遠い昔からの約束だよ
手をつなごう！

許されない
と思い込んできたことから
解き放たれるときだよ

地球人の心をはずして
宇宙の心と入れかえてね
地球人の心は苦しいよ

謎の木《こ》の実

謎の木の実をあげましょう
味は甘いか酸っぱいか
大地に蒔けば木になって
やがていっぱい実をつける

木は私でありあなた

宇宙の水を吸い込んで
地球の中に手足を伸ばす
そして大きくなったなら
何百回も木の実を落とす

どんな味がするのやら
どんな木々になるのやら
味と質《たち》は未知数の
謎の木の実をあげましょう

愛のひと滴

あなたにひとつあげましょう
宇宙の愛のひと滴
夜の粒子があなたを包んで
星の瞬《またた》き　優しいメロディー
毎日毎晩奏でてる
耳を澄まして聴いてごらん
愛はいつも惜しみなく
あなたのハートに降り注ぐ
宇宙の愛のひと滴
あなたにひとつあげましょう

どうかきっと

こんな大変な世の中に
生まれ落ちるなんて
勇気があるんだね

どうか
どんなことがあっても
きっと乗り越えられますように

渦の中

めぐりめぐる渦の中
少しの間
離ればなれになるけれど
いつかきっと
めぐり会えるよ

ハートとハート
同じ色をしているんだもの

君のこと

僕は君のこと
どれくらい思っているか
分かるかい
深い海のように
高い山のように
理解は稲妻のように

それでもまだ
信じられないかい

もう一度

もう一度
最初からやり直そう

やれるかな
こじれてしまったなあ
言い返したことを
許してはくれないだろうな

もう何もかも
知らんぷりして
やりすごしてしまおう

心の秘密

知っているのに
知らないふりをする
愛しているのに
愛していないふりをする
人を陥《おとしい》れれば
自分も陥れられるのに
それをやめない

単純なことなのに
そのカラクリに
気づいてよ

心

会いたい人に
昨夜《ゆうべ》　夢で会えた
心はどこへでも飛んでいき
奥底にある願いを叶えようと
けんめいなのだ

そんな心の健気さが
私を悲しく　そして
優雅にしてくれる

会わせてくれてありがとう

本当は

きっとあなたは言うでしょう
「今のままでいいのか」と

時を止めたまま
葛藤の中にいて
「私はいいの！」
と叫んでる

変わりたいんだ　本当は
せいせいとしていたいんだ

一輪の花

ありのままではいられない
だから着飾る
着飾らずにはいられない
あなたが心底望むのは
着飾りつづけることですか
一輪の花が教えてくれます

愛の温もり

冷たい風が吹く中を
あたたかな血の通った人々の
与えてくれた温もりで
私は私を蘇らせて
越えて越えて越えてきた
無償の愛の温もりが
私を守り通してくれた

冷たい風が吹く中で
与えてくれた温もりを
そっと思い出している

忘れない

この世界に来られたこと
私はなんてハッピーでしょう

あなたの中に私の面影は残るかな

未知への扉が開かれて
何もかもが自由になったとき
私はあなたを忘れない
羽ばたく翼をくれたこと
どんなものよりありがたい
私は天使にかえります

永遠《とわ》の輝き

ほらほら
私をごらんなさい
永遠の輝き放ちます

あなたが
落ち込んだり
心配したりしている間も
うきうきと
お花畑をめぐっている間も
私に気づいてくれるのを
待っているんですよ

愛

誰かの心が伝わってきた
その人の顔が浮かんできた
会わないけれどつながっている
その人の愛の形が伝わってきた
私の愛《こころ》も伝わっていますか

大事なこと

大事なことは
その人の心の機微を
分かってやれるか
ってことなんだ

不意に

驚かせてごめんね
ちょっと凹《へこ》んでいたから
気分を変えてあげたかったんだ

自分に掛けた覆いを
剥いでいこう
たやすいことだよ
だって
掛けたのは自分なんだから

叡智

大切なものを守るため
あなたのもとへと送ったもの
それがあなたの中枢にある
直結する意思なるもの

叡智
それは
たやすくたじろがぬ

あなた

あなたのおかげで
明るくなれる
元気になれる
あなたのような人に
なりたいな

タッチ！

あなたの心に　タッチ！
とってもあたたかい
あなたのように
できたらいいのに
私の心は
冷たくちぢこまっています

姿

あなたが大好き！
だって
いつも心をきれいにしようと
努めている

大変なことは
大変にありがたいことに
姿を変える
感動の涙になるよ

あなたへ

どうもありがとう
ご機嫌いかがですか
銀河の果てからやってきました

「こうあらねばならない」
なんて
力むことはありません
あなたの魅力が
半減してしまいます

私の花束

私の花束は言葉の花束
私が紡いだ言葉の花束
湧きいずる言葉のすべて
愛しい言霊《ことたま》
寂しいあなたに微笑みを
哀しいあなたに喜びを
辛いあなたに御光《みひかり》を

心の宝

手をつなぎましょう
心を寄せあいましょう
私が持っていないものを
あなたは持っています
心の宝を出しあって
あたたかいものにしましょう

あとがき

子供の頃のことですが、私は母親から何かにつけてしょっちゅう怒られていました。私が女の子だからということで、しつけのためだったのでしょう。それ以外にも、世間体をひどく気にしていましたし、母親自身が毎日の暮らしの中で少なからず不満をつのらせていたようなこともあって、感情のままに子供たちを怒ることも度々あったのです。

ある日、いつものように怒られていたときのことです。怒っている母親の、その後ろに「愛」があることに気づいたのです。とても不思議でした。私をじっと見守っていて、そして「がんばれ」とでも言っているかのようでした。

もしも母親が優しい人だったら、私は母親から離れることができなかったでしょうし、後ろにある「愛」にも気づくことができなかったでしょう。

その「愛」が今までずーっと私を守り導いてくれていたのかもしれません。

これまでにはとても大変な時期もありました。そんなとき、なんとなく思いついて絵を描き始めたのですが、その絵に続いて言葉が浮かんできたのです。何枚も描いて後で見返してみると、自分自身がとても癒されて、ゆったりと温かい気持ちになっていました。

その言葉を書き留めておいてできたのがこの詩集です。この愛しい言霊を皆さまと分かちあいたいと思います。きっと皆さまも「愛」に守られ、導かれていることでしょう。

日木　更

著者プロフィール

日木 更（ひき さら）

2002年頃より制作を始める。
先に絵を描き、その後その絵を見ながら、浮かぶ言葉や情景をもとに詩作をする。
著書『笑顔の花を咲かせたい』（2018年、下野新聞社）
栃木県在住。

ほら　笑ってごらん

2024年2月15日　初版第1刷発行

著　者　日木 更
発行者　瓜谷 綱延
発行所　株式会社文芸社
〒160-0022 東京都新宿区新宿1－10－1
電話 03-5369-3060（代表）
03-5369-2299（販売）

印刷所　株式会社フクイン

ISBN978-4-286-24927-8

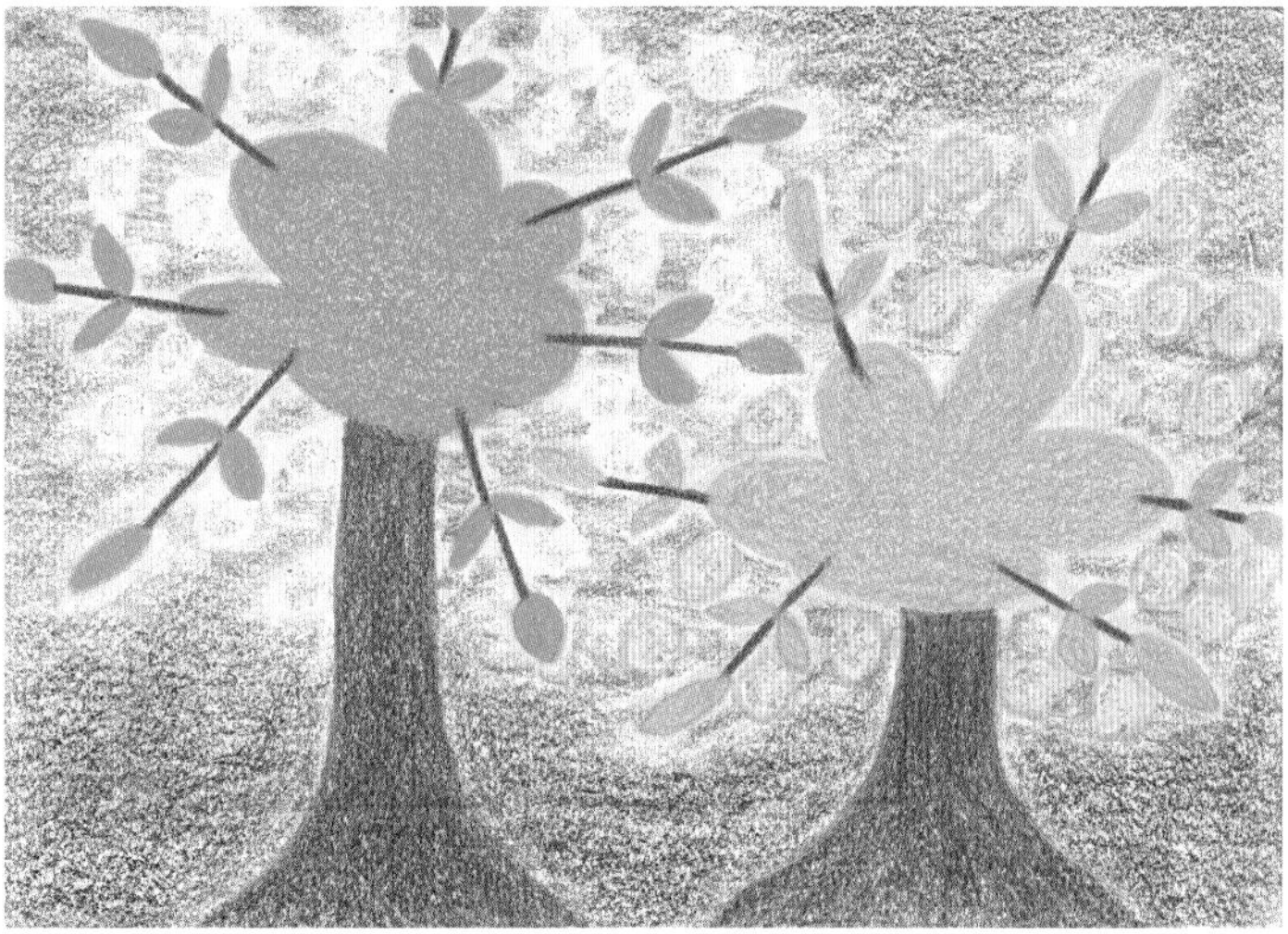

昨夜《ゆうべ》の夢　72頁

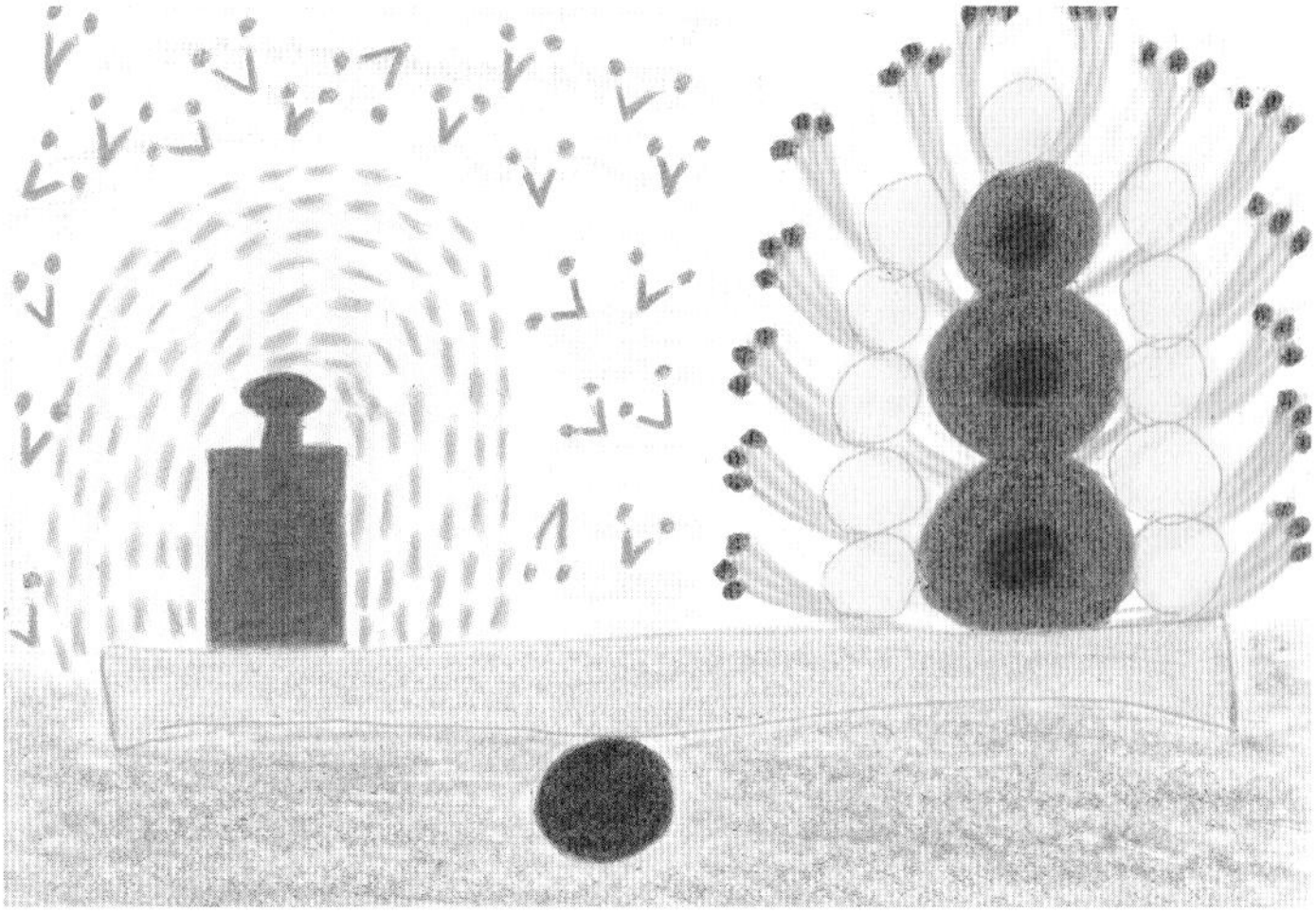

あなたへ　99頁

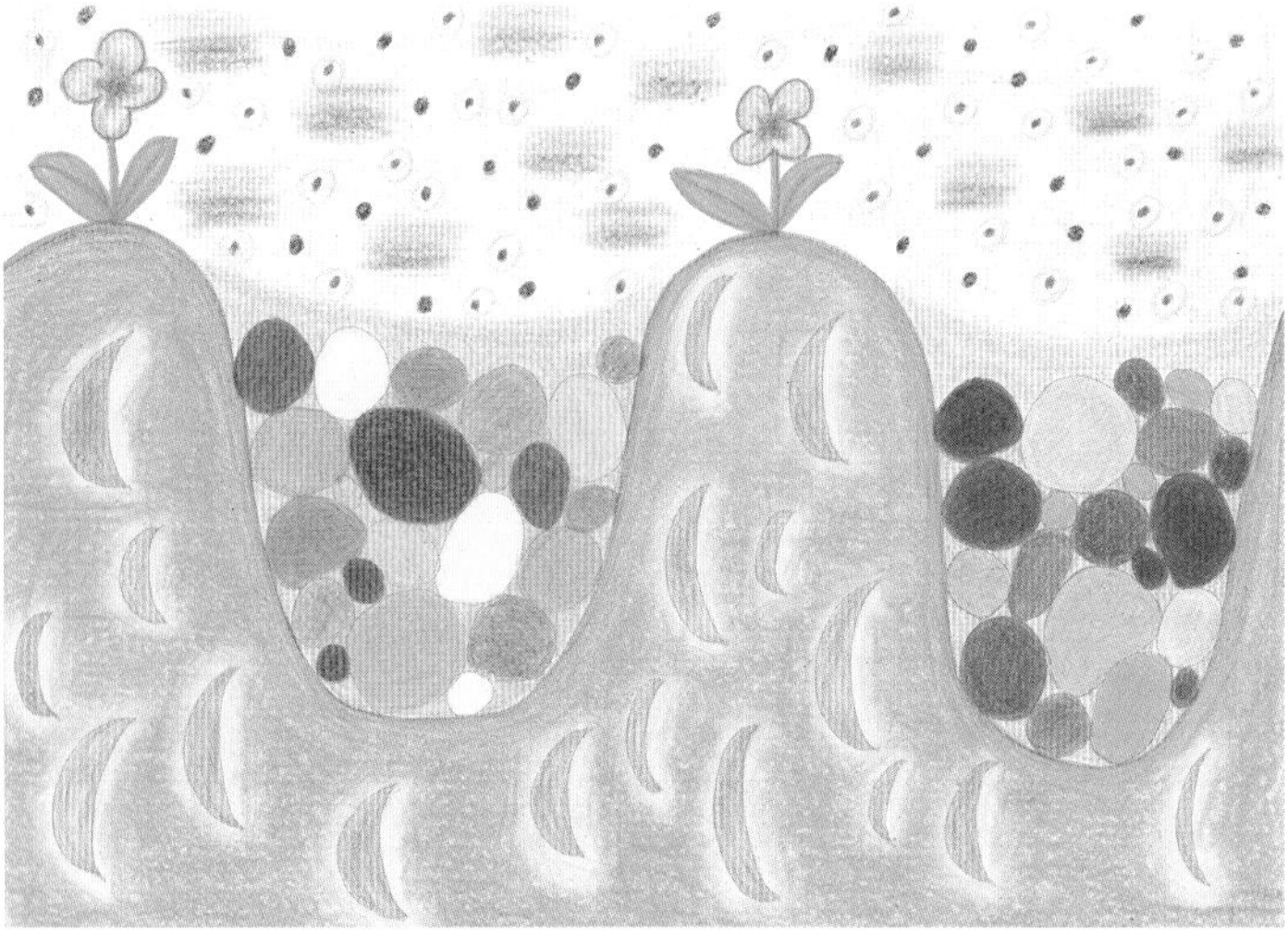

よいこらしょ

想念の荒波

（※頁数のないものは、作品のみのご紹介です）

王様

花畑

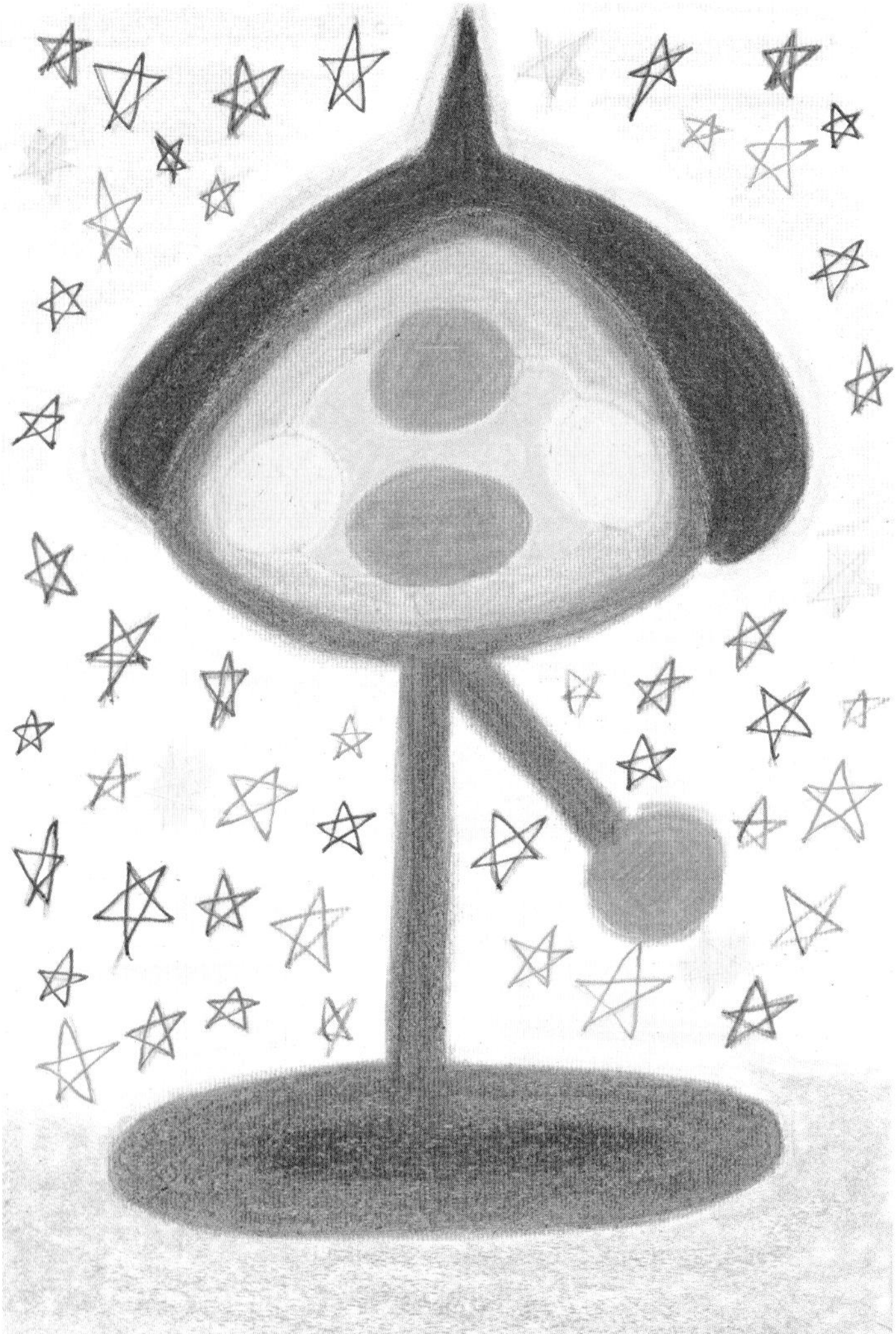

永遠の旅　18頁

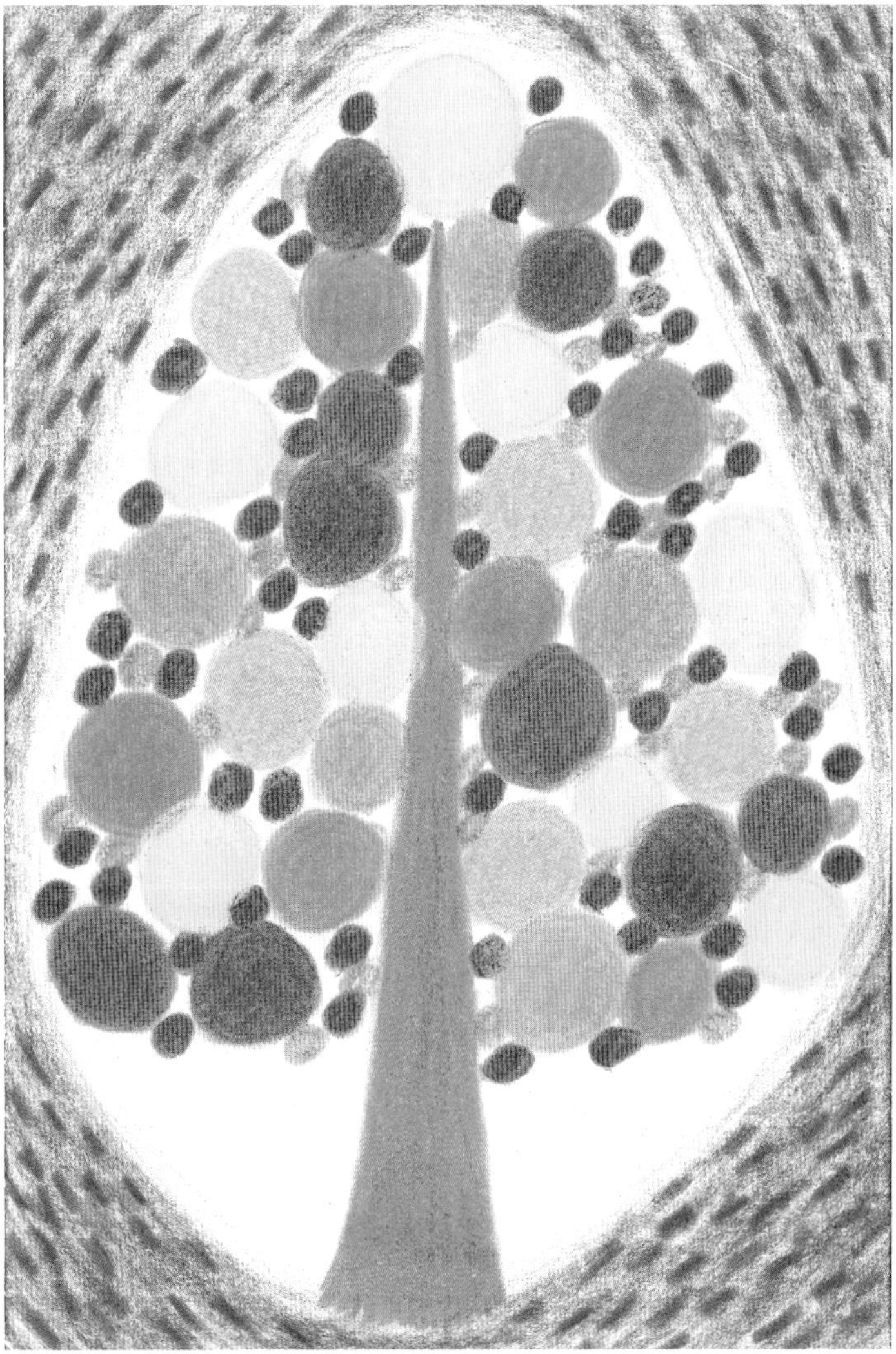

謎の木《こ》の実　78頁

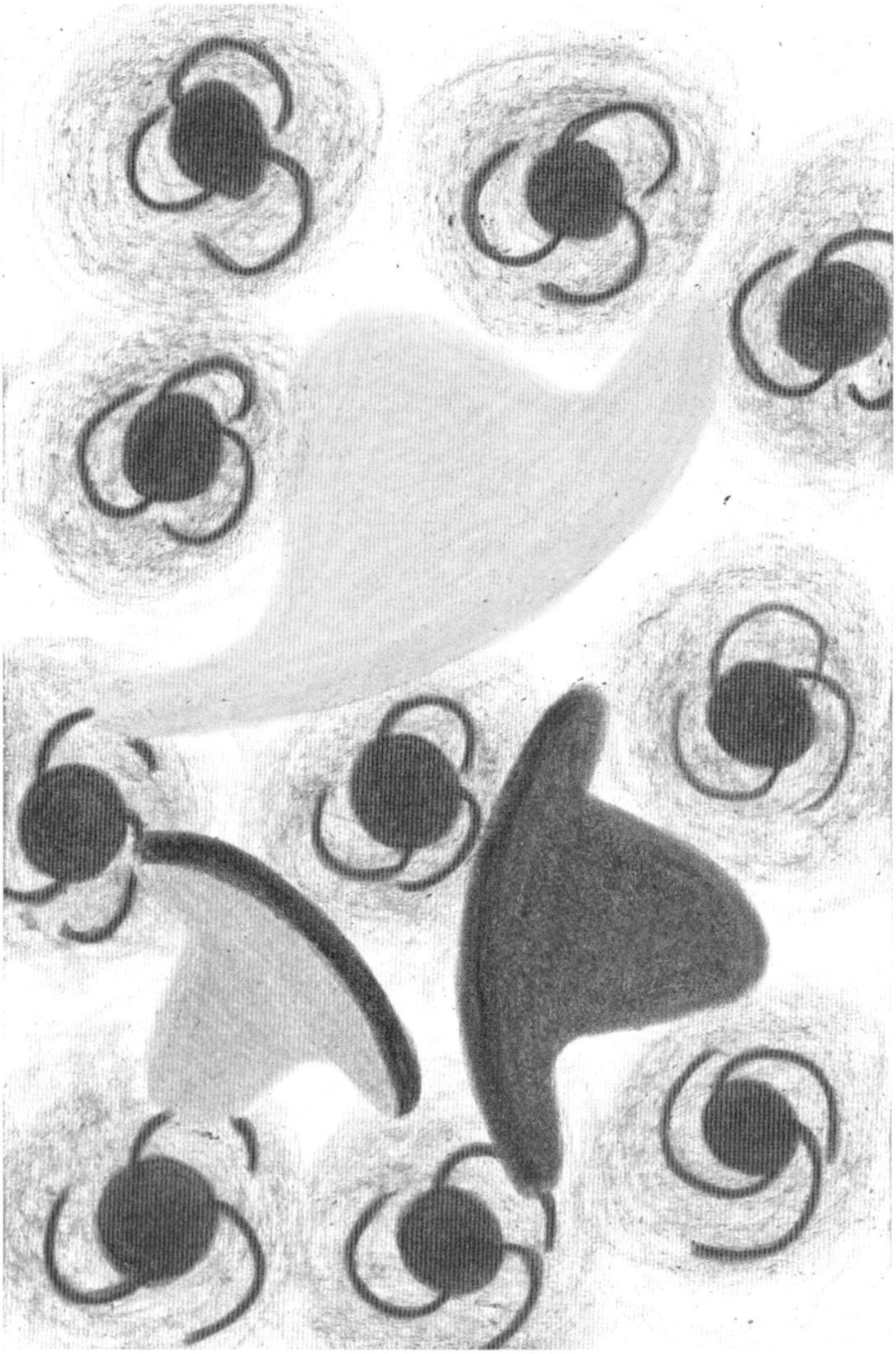

一度きり

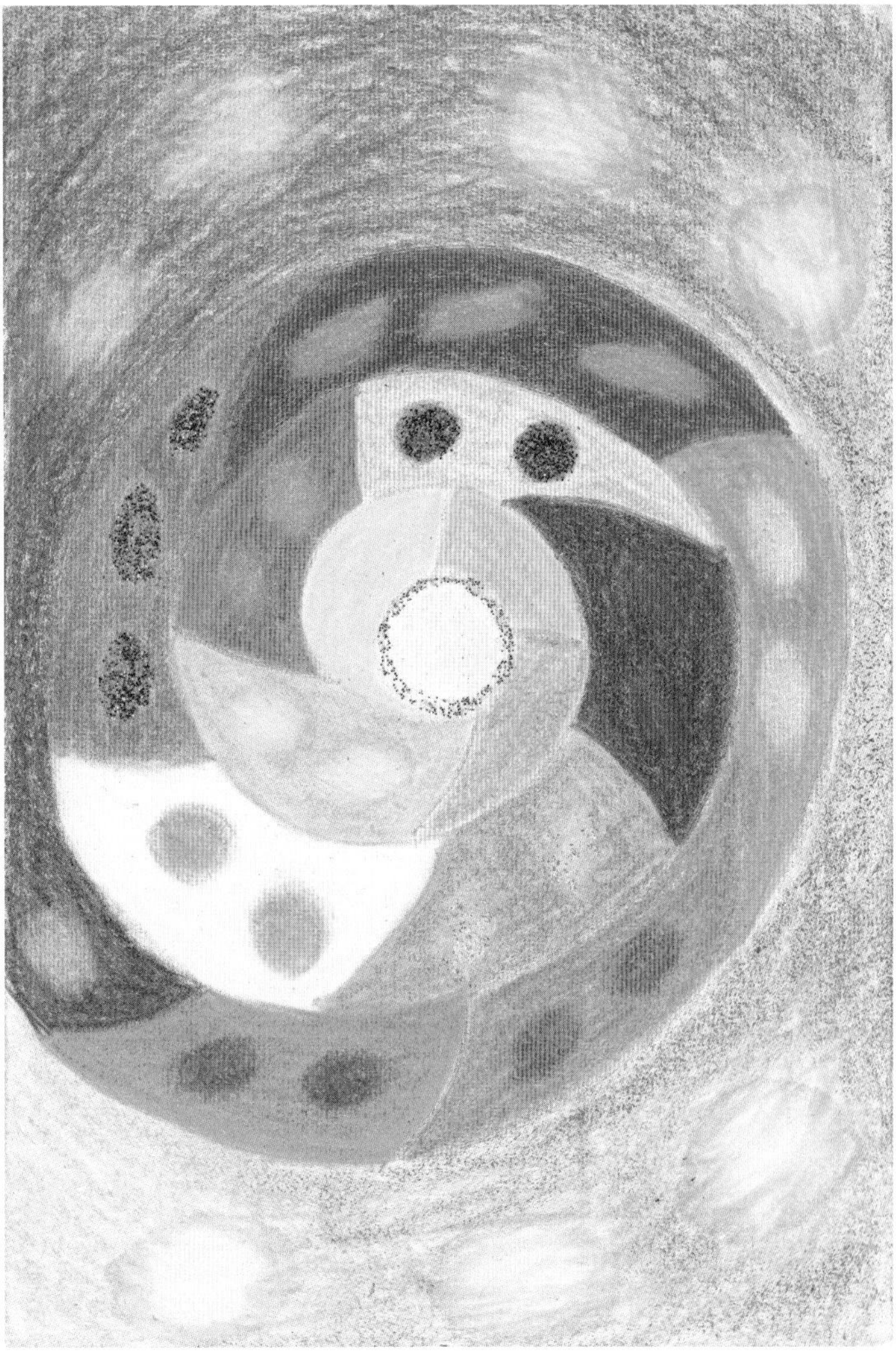

感じたままを

異次元へ